CATALOGUE

DE

TABLEAUX

ANCIENS & MODERNES

DES DIVERSES ÉCOLES

OBJETS D'ART

ET

DE CURIOSITÉ

Bronzes Louis XVI, Pendules en marqueterie, Faïences Italiennes
et autres ; **Émaux de Limoges**, Bonbonnières, Montres
Louis XV, Bureau et Chiffonnier Louis XVI ; Objets
de montre et Curiosités diverses ;

DONT LA VENTE AUX ENCHÈRES PUBLIQUES AURA LIEU

HOTEL DROUOT

SALLE N° 7

Le Samedi 21 Mars 1868

A DEUX HEURES PRÉCISES

Par le ministère de M° **ESCRIBE**, Commissaire-Priseur,
rue Saint-Honoré, 217,

Assisté de M. **DHIOS**, Expert, rue Le Peletier, 33,
Chez lesquels se distribue le présent Catalogue.

EXPOSITION PUBLIQUE

Le VENDREDI 20 Mars 1868, de une heure à cinq heures.

PARIS — 1868

CATALOGUE

DE

TABLEAUX

ANCIENS & MODERNES

DES DIVERSES ÉCOLES

OBJETS D'ART

ET

DE CURIOSITÉ

Bronzes Louis XVI, Pendules en marqueterie, Faïences Italiennes
et autres; **Émaux de Limoges**, Bonbonnières, Montres
Louis XV, Bureau et Chiffonnier Louis XVI; Objets
de montre et Curiosités diverses;

DONT LA VENTE AUX ENCHÈRES PUBLIQUES AURA LIEU

HOTEL DROUOT

SALLE N° 7

Le Samedi 21 Mars 1868

A DEUX HEURES PRÉCISES

Par le ministère de M° **ESCRIBE**, Commissaire-Priseur,
rue Saint-Honoré, 217,

Assisté de M. **DHIOS**, Expert, rue Le Peletier, 33,

Chez lesquels se distribue le présent Catalogue.

EXPOSITION PUBLIQUE

Le Vendredi 20 Mars 1868, de une heure à cinq heures.

PARIS — 1868

CONDITIONS DE LA VENTE

Elle sera faite au comptant.

Les Acquéreurs paieront CINQ POUR CENT en sus du prix d'adjudication.

DÉSIGNATION

TABLEAUX ANCIENS

ALBANE.

1 — Narcisse se mirant dans une fontaine.

BASSAN (École des).

2 — Repas champêtre.

BATTONI (Pompeo).

3 — Le Sommeil de l'Amour.

DE BOISFREMONT.

4 — Portrait d'une jeune Dame assise dans un parc.

BOUCHER (École de).

5 — Jupiter et Danaé.

BREUGHEL.

6 — Les Travaux d'hiver.

CASANOVA.

7 — Une Bataille.

Sur le premier plan, un général donne des ordres à des cavaliers. La bataille est engagée au second plan dans une vaste plaine se terminant par une ville à l'horizon.

CHARDIN.

8 — Portrait présumé de Mme de Graffigny.

DESPORTES (Attribué à).

9 — Chat et Hibou.

DROUAIS.

10 — Portrait d'une jeune Dame.

Elle a les cheveux relevés et poudrés, et de gros nœuds à son corsage. en soie bleu bordé de dentelles.

DROUAIS.

11 — Portrait d'une jeune Dame de l'époque de Louis XV.

Elle a les cheveux poudrés, quatre rangs de perles autour du cou et des fleurs d'oranger à son corsage.

DYCK (D'après Van).

12 — Rencontre de David et d'Abigaïl.

FONTANA (Lavinia).

13 — Portrait de Femme.

Elle est vue en buste, de trois quarts; elle porte une fraise tuyautée et une robe à bouffants sur les épaules,

HUBERT-ROBERT.

14 — Temple carré à pérystyle et vaste perron.

Il est placé sur une voûte construite sur une petite rivière. Au premier plan, figurines parmi des débris d'architecture. Dans le fond un parc avec jet d'eau.

HUBERT-ROBERT.

15 — Attributs des Arts.

LANCRET (D'après).

16 — Scène champêtre.

LEFÈVRE (Claude).

17 — Portrait d'un Magistrat.

Il a une calotte noire et un large col carré rabattu sur son vêtement de couleur noire.

LÉPICIÉ.

18 — Portrait d'une jeune Femme à chevelure blonde bouclée. Elle a un corsage rouge rayé de noir.

LIPPO LIPPI.

19 — La Vierge agenouillée devant l'Enfant Jésus.

MALINES (Huysmans de).

20 — Pays boisé, avec terrains sablonneux.

Sur le premier plan, des bûcherons, des villageois et trois bœufs s'abreuvant à une mare.

MIGNARD.

21 — Portrait d'Enfant représenté en Amour.

Il tient l'arc de la main droite et de la gauche s'appuie sur son carquois.

NATTIER.

22 — Portrait de jeune Dame de la cour de Louis XV, vue dans un élégant négligé. (Ovale.)

ORLEY (Bernard Van).

23 — Le Christ sur les genoux de la Vierge.

24 — Deux Volets de triptyque du xvᵉ siècle.

PATEL.

25 — Baigneuses dans une rivière auprès de laquelle sont les ruines d'anciens palais.

PORDENONE.

26 — Vénus couchée.

ROSALBA (Attribué à).

27 — Portrait d'une actrice de l'époque de Louis XV.

SALLAERT (Antoine).

28 — La Fuite en Égypte.

Signé du monogramme du peintre.

SALVATOR (Attribué à).

29 — Falaises boisées au bord de la mer, avec figures historiques au premier plan.

SEMENZA (Giacomo).

30 — Agar dans le désert.

SCHALKEN.

31 — Femme attisant le feu d'un réchaud.

TINTORET.

32 — Le Christ mort soutenu par la Vierge et un ange.

TISIO (Benvenuto), dit IL GAROFOLO.

33 — Saint Joseph et la Vierge adorant l'Enfant Jésus nouveau-né.

VÉLASQUEZ (Attribué à).

34 — Portrait d'une Infante.

VERDIER.

35 — L'Adoration du Veau d'or.

WATTEAU DE LILLE.

36 — Le Charlatan.

Sur le boulevard extérieur d'une ville qu'on aperçoit au second plan, de nombreux promeneurs environnent un charlatan qui s'est établi sur des débris d'architecture ornés de bas-reliefs.

ÉCOLE VÉNITIENNE.

37 — Loth et ses Filles.

ÉCOLE FRANÇAISE.

38 — Paysage.

39 — Tableaux anciens non catalogués.

TABLEAUX MODERNES

BENARD.

40 — Le Passage du bac.

CULVERHOUSE.

41 — La Partie de cartes.

DUPRÉ.

42 — Paysage.

DUVIEUX.

43 — La Chasse au marais.

DUVIEUX.

44 — La Place Saint-Marc à Venise.

GARDANNE.

45 — Carabinier arrêté à la porte d'une auberge.

GUILLEMER.

46 — Paysage.

LENFANT DE METZ.

47 — Fête champètre.

ÉCOLE MODERNE.

48 — Cabanes de pêcheurs; esquisse largement
peinte, signée du monogramme D. C.

ÉCOLE MODERNE.

49 — Paysage avec cours d'eau.

ÉCOLE MODERNE.

50 — Cavalier turc à l'abreuvoir.
Signé d'un nom illisible.

DESSINS ANCIENS & MODERNES

BELLANGÉ (Hippolyte).

51 — Trois Croquis au crayon, scènes militaires,
et études de figures.

BOUCHER.

52 — Tête de jeune Fille.

53 — Jeune Fille avec fleurs à son corsage.

Dessin aux crayons noir et rouge.

BOURGEOIS.

54 — Lisière de bois. (Aquarelle.)

55 — Paysage avec murs en ruines. (Aquarelle.)

FEROGIO.

56 — Chariot et Cavalier breton. (Sépia.)

GREUZE (Jean-Baptiste).

57 — La Prière du matin.

Dessin lavé à l'encre de Chine, première
pensée du tableau de Greuze du musée de
Montpellier.

JACQUE (CHARLES).

58 — Paysage.

Dessin aux deux crayons.

LE SUEUR (Signé).

59 — Intérieur d'un couvent. (Sépia.)

MOLYN.

60 — Canal de Hollande; dessin à la plume.

PATER.

61 — Concert champêtre; dessin au crayon noir.

POELEMBURG.

62 — Baigneuses; dessin à la sanguine.

VALERIO.

63 — La Prière; dessin à la mine de plomb.

ÉCOLE ANGLAISE.

64 — Moissonneurs et Pêcheurs à la ligne; dessin
à l'encre de Chine.

ÉCOLE FRANÇAISE.

65 — Tête de jeune Fille. (Pastel.)

66 — Oiseaux divers. (Aquarelle.)

OBJETS D'ART & DE CURIOSITÉ

67 — Bureau Louis XVI en marqueterie de bois.

68 — Chiffonnier en bois de rose.

69 — Belle Pendule dans le style Louis XIV, en marqueterie de cuivre sur écaille, et surmontée d'une statuette.

70 — Pendule en marbre blanc et bronze doré du temps de Louis XVI, le cadran et le mouvement sont placés horizontalement.

71 — Deux Médaillons en albâtre du xvie siècle, portraits d'Elisabeth d'Angleterre et de la duchesse de Kent.

72 — Un Cadre en bois sculpté et doré; époque Louis XV.

73 — Une Vitrine.

74 — Un Plat en émail de Limoges; grisaille par Pierre Courtois.

75 — Plat analogue au précédent.

76 — Une Miniature par HALL, représentant le duc d'Enghien.

77 — Bol en porcelaine de Saxe, décoré d'un port de mer et d'un paysage.

78 — Petite Boîte en émail de Saxe; chien en relief et bouquet de roses.

79 — **Bonbonnière** carrée en émail de **Saxe**, fond blanc avec damier en relief doré; monture en or.

80 — Bonbonnière carrée en émail, à ornements dorés à quadrilles; époque Louis XV; monture en argent.

81 — Bonbonnière de forme ovale en émail de Saxe, ornée de figures de chasseurs et de paysages.

82 — Très-jolie Fontaine en faïence, dans le goût de Palissy.

83 — Monture Louis XV, boîte en jaspe ornée d'applications en or à figures et ornements; fermoir en brillant.

84 — Montre Louis XV en argent ciselé.

85 — Bonbonnière de forme ronde en verre de Venise jaspé, avec monture en or ciselé et champlevé.

86 — Très-grand Christ en ivoire très-ancien; travail espagnol.

87 — Deux Flambeaux en bronze italien, avec pied formé de figures d'Amours.

88 — Dague à fourreau et poignée en cuivre, très-riche d'ornement.

89 — Poignard à manche en ivoire sculpté formé de figurines.

90 — Statuette de berger en faïence d'Urbino.

91 — Petite Coupe en cristal de roche, avec son pied en bois de fer.

92 — Trictrac incrusté d'ivoire et de nacre.

93 — Jardinière en émail de Chine, fond lilas|, monture ancienne et bronze doré.

94 — Petite Montre en or, époque Louis XVI.

95 — Saint Mathieu, émail de Limoges.

96 — La Vierge et l'Enfant, émail de Limoges.

97 — Diane surprise par Actéon; groupe de deux figures en terre cuite, par KLEY.

98 — Une Figurine en terre de Lorraine.

99 — Deux Fusils algériens.

100 — Deux Bols à couvercles en porcelaine du Japon.

101 — Assiettes et Plats en porcelaine de Chine et du Japon; seront divisées.

102 — Plusieurs Pièces en faïence italienne; ce lot sera divisé.

103 — Plusieurs seaux et pièces diverses en faïence ancienne.

104 — Un lot d'Objets en bronze.

105 — Gravure d'après Boucher.

106 — Un lot de Cadres dorés.

107 — Objets omis.

RENCU et MAULDE, imprimeurs de la Compagnie des Commissaires-Priseurs, rue de Rivoli, 144. 12513